母アヴヴァ

（エレジー）

Translated to Japanese from the English version of

Avva the Mother (An Elegy)

Sabbani Laxminarayana

Ukiyoto Publishing

All global publishing rights are held by

Ukiyoto Publishing

Published in 2024

ISBN 9789361728136

感動的な長詩

-アヌグ・ナルシマ・レディ

詩もまた、人間の旅のように長い歴史を持っている。時代の要請に応じて、内容も形も変わるだけだ。表現は詩人のアイデンティティと独自性を反映する。詩について、『あなたが私に尋ねなければ、私は知っている。文学において、簡潔さは詩においてのみ可能である。単にいくつかのフレーズでより良く表現することができる。詩は、詩人の根底にある思いをよりよく伝えることができる。詩の成功は、何層もの意味を簡潔に運ぶことにある。

アヴヴァはナーガヴヴァと呼ばれているようだ

ナーガヴヴァの洗礼を受けるのは誰か？

ナガヴヴァとはナガンマのこと

バラードのバラナガンマの物語のように、

悩みと涙のリフトだ

詩人のサッバニ・ラクシュミナラーヤナは、母親の旅はバラナガンマの物語に似ていると言う。悩みと涙に満ちているという。物語の多面性が、読者の理解の幅を広げる。読者は無意識のうちに、マヤラ・ファーケルの魔術とバラヴァルディラジュの英雄崇拝に魅了されている。彼はマヤラ・ファーケルの生命の秘密がオウムにあることに気づく。多くの人は、最終的には善が悪に勝利すると思っている。この詩は明らかにナガヴァのことを歌っているのだが、実際には、一般的な読者にもわかるように、母親全般のことを歌っている。

エレジーとは、親しい人の死を嘆く詩である。英語での傑出した牧歌的エレジーはジョン・ミルトンの「リシダス」であり、大学時代の友人エドワード・キングの死を悼んでいる。ナィニー・スッバ・ラーオの『Matru Geethalu』はテルグ語のエレジーの典型的な例で、スッバ・ラーオが母の思い出を回想し、「私はあそこへ行き、あそこで再び母と息子のゲームをする」と言う。母親のアヴヴァも同じジャンルに属する。

母アヴヴァ』は、詩人・批評家として知られるサッバニ・ラクシュミー・ナーラーヤナがテルグ語の自由詩で書いたエレジーである。このテキストは、P.Ramesh Narayana 博士によって、原語のテキストから感じ取れる精神と感情をそのままに、見事に英訳されている。英語への翻訳により、その幅はさらに広がった。このエレジーは、子供たちのために戦う戦士として果敢に人生に立ち向かった、中流以下の女性スリマティ・サッバニ・ナガヴヴァの物語と人生を描いている。涙の海を泳ぎながらも、彼女は人間性と生きる力を失わなかった。詩人によれば、彼女はおしゃべり好きで、人助けが得意だったという。彼女の悩みは生まれたときから始まっていた。

出産時、彼女は泣かなかった。

そして誰もが赤ん坊は死んだと思った

2日間、彼女は漂流者だった

家の裏にあるガジュマルの木の下で、誰かが子供が生きられるようにと願いを込めてミルクを注いだ。

このように、彼女の悩みは生まれたときから始まっていた。カリムナガルのボマカルでも、人生の伴侶が早くに旅立ったため、彼女は子供たちを立派な職に就かせ、まともな生活をさせるという責任を背負った。この詩人は、自分だけでなく他の人々も、勇気、自信、コミュニケーション、寛容、忍耐を母ナーガヴヴァから学ばなければならないと言う。

シュリ・サッバニ・ラクシュミー・ナーラーヤナによって書かれたこの長い詩

は、彼の最愛の母について書かれたものだが、彼女は愛情深く、献身的なこの地の母として登場する。この地域は長い間、生計が立てられず、農業部門が無関心に扱われ、農村部の負債が貧困層や中流以下の層を苦しめてきた。これらすべてが、この長い詩を高めている背景として自然に現れている。詩人は社会の影響から逃れることはできない。この事実は、母親であるアヴヴァが力強く証明している。この感動的な本が見事に英訳されたことをうれしく思う。詩人、翻訳者ともにおめでとう。この長い詩について私の見解を述べる機会を与えてくれた彼らに感謝している。

-アヌグ・ナルシマ・レディ

8978869183

,...

母アヴヴァ テランガーナ州、特にカリムナガール県では、母親のことを「アヴヴァ」と呼ぶ。テルグ語のAvva、Amma、Atthaは、主母音から生まれた言葉である。聖書によれば、原始人はアダムとアヴヴァである。アヴヴァの英語での意味は、女の子の名前であり、また、鳥や水からという多義的な意味を持つ。テルグ語の土地では、母親をアンマ、孫の母親をアヴヴァと呼ぶ地域もある。最近では、母親のことをアンマと呼ぶ人もいるし、マミー・パパ文化ではマミーとも呼ぶ。私の母、アヴヴァは私の人生であり、アヴヴァは私のインスピレーションだ。一言で言えば、この本は私の小さな自叙伝だ。私の人生と母の人生を反映している。私の人生のルーツは母に深く関わっている。私は、4人の娘のほかに、彼女の唯一の男の子供である。だから彼女は私をとても愛してくれた。私は彼女の勇気、勤勉さ、規律正しさ、仕事ぶり、人助け精神、友好的な性格、話術、リーダーシップ、そして知性を賞賛している。彼女は話し上手で、彼女の言葉にはテランガナのフォークロアが川の流れのように流暢に流れていた。彼女は状況に応じて何百ものテランガナ語の慣用句を流暢に話すことができた。彼女の声が本当に恋しかった。私は当時、テープレコーダーで彼女の言葉や言い伝え、人生の物語や思い出を記録する計画を立てていた。でも、私はあれで遅れた。何も期待することなく突然、彼女は声を録音する機会も与えずに息を引き取った。アリのように、ミツバチのように、彼女はとても観察力があり、働き者だった。貧しい家庭に生まれ、10代で父のもとにやってきた。彼女が手に入れたのは、40歳前後の中年で亡くなった父だった。父は私たちに何も残してくれなかった。当時、私は6歳だった。彼女は自分の腕と努力を信じていた。彼女は生まれてこのかた、誰かに何かをねだったことは一度もない。母鶏のように子供たちを育てた。彼女は何百万、何十億という大金を手にしようとはしなかった。幸い、彼女は私の教育を止めなかった。それが私の人生にとっての恩恵だった。23 歳の時、私はガバメントになった。私の学位とB.Ed.を取得した後、教師として働き始めた。彼女は 50 年以上もの間、苦労の連続だった。本当に、彼女は人生の勝者だった。母の努力と父の誠実さが私の人生だ。彼女は私が 23 歳になるまで育ててくれた。この日々は、彼女が自由で満足のいく日々を過ごした日なのだ。私は家族の中で教育熱心な第一世代の子供である。なんて素晴らしいんだろう！母の孫、つまり現在アメリカに住んでいる私の息子、母の孫はアメリカで生まれている。母は 2009 年 9 月 27 日、ダサラ祭の前夜に亡くなった。食事中、私の手の中でいとも簡単に、他人に迷惑をかけることなく息を引き取った。84 歳頃、彼女は健康で順調に亡くなった。彼女の内面はいつも私と共にある。私は人生の困難な状況において、神と母を思い出す。彼女は私に正しい道を示し、解決策を与えてくれる。彼女の目の前で、私はカリムナガルに家を建て、生まれ故郷のボンマカルに農地を購入した。貧しい母親、これ以上のものを期待する農業労働者……！私はあらゆる面で出世した。彼女は私の2人の息子を愛していた。彼女は私の妻、義理の娘のシャルダが好きだった。娘たちとその子供たちはみな、彼女の目の前で落ち着いた生活を送っている。アヴヴァ、最も貧しい母、私の最愛の母……！彼女に何をあげたらいいのだろう！彼女がこの世を去って11カ月。私は自分の思い出とともに彼女のことを書き始めた。2010年9月3日から9月24日まで、私は母国語であるテルグ語で約900行のエレジーを書いた。まるで泉の流れのように、私の心から湧き出てきた！それがテルグ語のアヴヴァ「అవ్వ」である。アヴヴァの本は、彼女の一周忌に私の生まれ故郷ボンマカルの自宅で、友人、親戚、詩人の友人たちの間で発売された。その日はカリムナガール、シルシーラ、西ゴダヴァリ、アナンタプラム、ハイデラバード、マチリ・パトナム、アディラバードから詩人たちが集まった。私の親友であるアナンタプラムのラメシュ・ナーラーヤナ博士が、アヴヴァの本を英訳したのは5、6年前のことだ。ラメッシュ・ナーラーヤナ博士に感謝する。本書に貴重な序文を寄せてくださったアヌグ・ナルシマ・レッディ博士に感謝する。

それが英語に翻訳された最初の本である『Avva the Mother』である。私は母の祝福のために見る。彼女は私が期待するものを与えてくれると信じている！親しい人たちに感謝している！サッバニ・ラクスミナラヤナカリムナガル, 日付：28-9-2022.

……

母なる AVVA

(エレジー)

テルグ語起源サッバニ・ラクスミナラーヤナ

英語版 P.ラメッシュ・ナーラーヤナ博士

アウヴァとは、輝かしい詩的作品という意味である

私にとって不滅の記憶

最古のアダムとイブの間では、イブのように

チグルマミディ県レコンダ村生まれ

カリムナガル・マンダル県ボマカル村の家庭に入る

アヴヴァ、誰が彼女をナガヴヴァと名付けたのかは不明である。

ガジュマルの木の近くにあるアヴヴァの母親の家の裏かもしれない。

田舎のペッダマ寺院のアリの丘にコブラがいたらしい。

ナグラ・ナルシムルとナグラ・ヴェンカタ・ラジャヴヴァへのアヴヴァ

第4子として生まれる

出産時、彼女は泣かなかった

そして誰もが赤ん坊は死んだと思った

2日間、彼女は家の裏にあるガジュマルの木の下で漂流生活を送る。

子供が生きられるようにと、誰かがミルクを注いだ。

アヴヴァが生きていれば、オー！ナガンナ、子供の名前はあなたの名前を付けます

ナガンマ、コブラは祈られた

そして２日後、赤ちゃんに動きがあった。

アヴヴァは生きていた

ペッダンマ寺院近くのガジュマルの木の下の家の裏手

蟻の丘のコブラについて

アヴヴァはナガヴヴァと呼ばれているようだ。

ナーガヴヴァという洗礼を受けるのは誰なのか？

ナガヴヴァとはナガンマのこと

バラードのバラナガンマの物語のように、
それは悩みと涙の人生である。

ナーガヴヴァとは、戦争や戦術のことではない

パルナドゥ・ナガンマのストイックな性格のように

彼女の仕事ぶりと同じように、アヴヴァの物語もそうなるだろう。

同様に、アヴヴァの誕生はトラブルの誕生そのものである。

ある者は労苦を強いられ、悩みだけを経験するために生まれてくる。

アヴヴァもまた、トラブルのためにそのように生まれた

アヴヴァの人生の旅は涙の海かもしれない

一生懸命働かなければ、何も食べられない家庭に生まれた。

O!アヴヴァ、あなたが考えていることは

深い井戸の泉のように悲しみが湧き上がる

小川のように流れ出る

ベールに包まれ、幾重にも重なり、心を突き刺してくる。

何人に何を伝えるのか？

母、祖国は天よりも重く、偉大である。

僕の村では、僕は誰の息子なんだ？

私がサッバニ・ナガンマの息子であることを証明するのは、それだけではないのですか？

私の存在、私のアイデンティティは、あなた一人のものではない！母

あなたの愛、あなたの名前、あなたの名声……！

誰もが名前を持つ

それは、自分自身の経験とアイデンティティによってのみもたらされるものだ

あなたは宝石を欲しがらなかったし、土地も欲しがらなかった。

家や豪邸を期待していたわけではない

子供たちを生かすためだけに

あなたはいつも鳥のように苦悶していた

コックがヒナを胸に抱くのに似ている

あなたは 5 人の子供たちの面倒を見てきた

母鶏が子鶏の口に穀物を入れておくように。

わずかなものを子供たちに与える

ほんの少しであろうと、そうでなかろうと、あなたは彼らに食べ物を与え、生かし続けた。

玄関先で物乞いをしたことはない

あなたは仕事の女神かもしれない

そして仕事は、あなたにとっての礼拝

畑仕事では、移植か雑草の除去か

籾を刈るか、唐辛子を集めるか

メイズやジョワールの茎の穂を切ったり、ブーラ草を取り除いたりする。

あるいは、畑でレッド・グラムを刈るために、君の手はいつでも準備万端だった。

農作物はどの季節に、何時に収穫されるのか？

その季節、その時代、すべての農産物の種類

利用可能なあなたの手の栄光のために

食べ物のない日に、私たちを飢えさせたのですか？

鳥のように奮闘する労働者

あなたは子供たちを育てた

村のすべての畑

ナッラ・シェルヴ（黒いタンク）、グンドラ・シェルヴ（石のタンク）のどちらであろうと、川岸近く、畑の小川。

または Godhuma Kunta（小麦色のタンク）

移植や除草をしなかった畑はあるか？

そう、あなたこそ、村のあらゆる人と交わったナガヴァなのだ。

あなたは、すべての人の問題を自分の問題として扱った母親です。

あなたのなだめるような言葉にも、困難があった、

あるいは、あなたの親切な行動によって、あなたは母親となった。

あなたは、透明な無邪気さですべての人と会話した母親です。

ワオ！彼女を知らないサバーニ・ナガバ

絶え間なく鳴り響く鐘のように、あなたの言葉は流れていく。

あなたの親密な態度は、誰よりも特別なアイデンティティを与えた。

懸命に働かない限り、我々は食べ物のない人々だ

私たちが持っているのは、実家がある数少ない庭のある人たちだけだ。

土地、建物、畑、邸宅、装飾品……。

本当に、本当に、どうやって私たち全員を育てることができたのですか？

食べ物や衣服がないからといって、あなたは私たちを苦しめることをお許しにならなかった。

父が亡くなったとき、あなたはまだ 40 歳くらいだった。

父親がいなくなったとき、おそらく姉とラジャッカアだけが結婚しただろう。

サタッカ、私、そしてスローチャナもあなたとともに

8 歳のサタッカ、6 歳の私、そして

3、4 歳の下の娘、スロチャナだね。

そう、私たち O を育てなければならない！母

あなたは私たち全員の面倒を見てくれた！母

あなたは私たちに道を示してくれた！母

あなたは私たちを家族にしてくれた！母

生涯、あなたは労働に励んだ

食べるためだけに生きている人もいるようだ

そう、私たちは生きるためだけに食べてきたのではないだろうか。

生きていかなければならないし、働かなければならない

新芽を移植したり、雑草を取り除いたりする。

籾を刈り、箕を運ぶ

自分のものでもなく、個人のものでもない

仕事のためだけに働かなければならない

生活のためだけに仕事をする

1 日あたりの支払いは、わずか 8 アーナ（アターナ）の 50 パースだ。

3 チュッカル（星）3 チャール・アナース（75 パース）ならもっと高くなる。

そうやって私たちを育て、見守ってくれる

私たちの面倒を見ることは、あなたの生涯の苦難だった。

あなたの人生はすべて、困難と涙だけ

いつ始まるんだ？神とそのように祈らなかったのか？

怒っているとき、イライラしているとき。

"神の神殿に泥と塵を投げ入れよ"

あなたはそう言って、O さんの困難に涙した！母

生まれてからずっと、あなたは○に悩まされてきた！ナガヴァ

金持ちの家に生まれたのか？

女神のように苦労して働かなければならない。

あなたは多くの葛藤を抱えている

あなたの父ナグラ・ナルシムルは、あなたが若くして亡くなった。

母ナグラ・ヴェンカタ・ラジャヴヴァと弟ナグラ・ナーラーヤナと共に

あなたは人生を生きるために多くの苦しみを味わった

家族の年長者が成人して出て行き、結婚した娘たちが出て行くとき

無責任な人は、年長者になっても働かない。

おそらく、人生の重荷が若者たちにのしかかるのだろう。

そうすることで、あなたは多くの苦しみを味わうことになる

痛みだけがあなたの友達かもしれない

おそらく労働はあなたの住所かもしれない

仕事はあなたにとっての礼拝かもしれない

仕事で疲れを感じることはありますか？

決して、決してあなたは疲弊していない

働くことで、作品を作ることで、あなたは生きた

あなたの知性と知識で、私たちは生かされている

我々は何兆、何百万、何千という資金を持っているわけではない。

先祖代々受け継いだ小さな家を除いては。

土壁の家も

裏庭の土レンガで作ったようだが

あなたが見られると、アリの母親のように見える

人生の重荷を背負って奮闘している。

あなたはミツバチのように働いているように見える。

必要なものを集めた

あなたは機転の利く仕事人だ。

自分らしく生き、自分らしさを保つことができたとき

渡り鳥のように、あなたは去っていった。

農作物の季節が終わり、作物が収穫できない時期がある。

どこで仕事をするのですか？

真夏の季節に、その作品を教えてください。

そう、職人技を持つ者には、何の仕事もない！

過酷な労働を強いられている人たちには仕事がない！

渡り鳥のように

ミツバチが何マイルも旅をするように

ヒマラヤを渡るシベリア鶴のように

私たちのコレル湖へ

私たちのデリー動物公園へ移住し、人生を生きよう

季節が終わり、彼らが戻ってくるとき

村に仕事がないとき、どうやって自分の人生を生きるのか？

そう、人間の生活は移動の生活なのだ。

その道であれ、現在であれ、それは旅人の人生だ

私たちを連れて行った

仕事のため、村を越えてカリムナガル・タバコ会社へ。

日給は 1.5 ルピーで、それ自体が高すぎる。

妹が家に残っていたときの子供時代

あなたも働いて、お姉さんも常に働くべきだ

生活するために、学校が休みの間は働かなければならない

衣食住のために仕事をし、仕事のために仕事をする。

村の Chokkarao pantulu マンゴーの木の庭タバコ園で

家の近く ハヌマーン寺院の畑の向こうの大工の家

タバコの葉をカットし、タバコの鎖を縫うのは私たち O だけです！母

タバコの糸の大きな縫い針

ホーム O ではまだ入手可能だ！母

作品を作ることにどれほどの不安を感じていたか

夏の間、村の仕事はない。

毎日朝 7 時頃、カリムナガル・タバコ社に出勤すること。

村に作物がない 2〜3 カ月間

おそらく夏には、私たちに生活の糧を与えてくれたタバコ会社がやってくるかもしれない。

私はまだ 10 歳以下なので、仕事について何を知っているのか！

会社で残業した夜間

タバコの糸のスートリ（麻糸）を集めているとき、私はよくウインクして眠ったものだ。

短時間の睡眠のためにウインクをするとき、あなたは仕事から解放されていない！

人生のむち打ち症のように、もう一度目覚めて、O を働かせなければならない！母

牛と一緒にいる子牛のように、小さな子供としてあなたと一緒に。

あなたは私を仕事場に連れて行ってくれた！母

農作物の収穫期には、農産物と賃穀物が生産される。

蟻の O のように溜まって隠れている！母

そう、あの頃はお腹がいっぱいだった？

今のところ、何となくそんな疑念を抱いている。

食べ物のないあなた自身が、私とシスターたちを養ってくれたのだと思う。

教えてくれ、その時何を食べていたのか、単なるジョワー粥か？

いつ美味しいものを食べたと思う？

食べるとしたら、夜、ご飯を少し。

みんな安いライスビッツを食べていたのでは？

私たちは単なるお粥か何かで生きてきたのではなかったのか？

あなたはよくお粥を作ってくれた。

マンゴーのピクルス、トウモロコシのお粥とケーキ、乳製品、葉っぱなど

あなたの手からの味覚の贈り物よ！母

おそらく、この地球は私たちの世話をしてくれたのだろう

これらの作物畑は私たちの世話をしてくれただろう

労働と労苦だけが私たちを生かした

一生懸命働くことに罪悪感を感じなかった

箕を担ぐことを恥じたことはなかった。

何百万人、何十億人というあなたのような人々が、そこにいるはずはなかった。

この世界は人生の旅路において前進しているだろうか

人生の道において、あなたはかけがえのない宝物だ

君たちのような労働者がいなければ、世界は変わっていただろう。

そのような不幸な者には、神のみが存在し、賢明である。

あなたにとって神は誰なのか？

あなたが仕事を信じてくれたから、私たちは生き続けることができた。

仕事をするのであれば、この村のどちらかでやることになる。

またはカリムナガルの近隣で

夏場は仕事がなければカリムナガル・タバコ・カンパニーで行われる。

タバコの仕事は私たちにとって大きな支えとなっている

夏に作品がない場合

人生はいかに厳しく、試練に満ちているか

困難に対する亡命の量

人生は矛盾の山だ

.作業には 1 つのフィールドが必要

働くには 1 つの場所が必要

夏の間、仕事を得るために、仕事を与えるために

カリムナガル・タバコ会社が閉鎖されたとき

40 キロ離れたジャンミクンタにある。

私たちの生活はどうなるんだ？

しかし、ナガヴァのことを知らない者はいない。

O!サー！何か仕事が必要なんだ。

否定する者が働くとき

私たちは渡り鳥のように移動していた

毎年夏になると、ボンマカルとカリムナガルを越えてジャンミクンタのタバコ会社へ渡る。

姉は結婚するまで懸命に働いた。

勉強と休暇中の自分

可能な限り協力する

今でもジャンミクンタのコラパリー街道方面にあるはずだ。

M.アンジャヤ・タバコ・カンパニー

夏休みの 2〜3 ヶ月間

職場だった

僕らにとっては賑やかなフードだった

教会の近くにあるチドゥララ・イラヤの家

店のような小屋で

毎年夏になると、よく泊まったものだ。

舌が良ければ町も良くなる。

舌が肥えているのだろう！母

あなたの言葉が良いのだろう！母

どこの村に行っても、どこの村に行っても

あなたの言葉、あなたの善意によって、あなたは人々の愛と愛情を得た。

今日でもジャンミクンタ・チドゥララ・イラヤの息子たちは

シャンカライア、ジャナルダン、そして彼の義理の娘たちは、私たちのことを覚えているかもしれない

あの会社が全焼した 30 年前のあの時代

私たちの小さな荷物も炎に包まれた

その会社のオーナーと一緒に、私たちも寂しい鳥だった。

そう、人生はなんと哀れなものだろう

人生とは、剣の技のようなものだ！

父親の死因は？

王のように生きた父

スータリ・タアピ・マストリー（家づくりの名人）、その父

父を持つ職人技

ボンマカル通りの井戸、チョッカラオの家だ、

チョッカラオのマンゴー園の店舗は、腕により
をかけて建てられた。

パルラパリー、ナラゴンダ、マンネンパリー、
ムルカヌールにて

父の技で建設された家々は今も存在している

彼一人では稼げなかっただろうが

しかし、その技術でビルや家、邸宅を建設し、
人々に提供した。

そして、自分たちのために何も作らなかった

自分にとっては王の生活だった

もしかしたら、彼は明日のために取っておくべき罪のない人なのかもしれない。

手一杯の作業

一杯サアラ（酒）をマッチ棒で叩くと、愛おしそうに燃え上がる。

彼は純粋な酒を最も愛していた。

彼が敬愛する最愛の人は、彼にとって最も好きな人かもしれない。

あなたはよく泣いていた。

生きているとき、彼は私にどんな慰めを与えてくれただろう。

仕事の達人である彼は、家にいる自分のために家を建てたのだろうか？

あなた自身が懸命に働き、壁を作った

裏庭にレンガを積み、家を建てる

父は純粋無垢な人だった

父は明日の命も考えない無私の人だった。

昔は誰もが彼を良い人だと賞賛していたと聞いている。

善良な人が結核に蝕まれたこと

父が亡くなってから 40 年以上経っているのかもしれない。

もしかしたら、あなたは 40 歳くらいかもしれない

そのとき私は 6 歳くらいだった

突然、運命があなたの伴侶を奪うとき

どのように耐え、どのように人生を引き寄せたのか？

どうやって５人の子供たちを育てるんだ？

おそらく、鶏がすべての雛を羽の下に覆い隠すように

それが彼らを守る

母鳥が子鳥の口に穀物を入れ続けるように。

そうやって私たちを育て、守ってくれた

狡猾な慢性の咳が父をむしばんだとき

どれだけ心配したことか！

父親の病気には、正しい種類の薬は使われない。

医薬品を購入するために、たとえお金がなくても。

自分の過失が、彼の人生そのものを蝕んだ。

あなたは私たちのために生き、私たちのために働いた。

あなたは自分のために生き、私たちを生かしてくれた

その感染症のために、あなたは政府の病院の薬を何年も使い続けた。

そうだ！喘息のような咳にはタバコが合っていたのだろうか？

あなたの人生は剣の練習ではなかった！

タバコの紐が直らない限り、生存はない

命を保つための不安との戦いのように

人生を勝ち取るために

そして、あなたが病気に打ち勝つように

あなたは病気を克服した

あなたは人生を征服し、私たちをいつも苦労しながら育ててくれた。

あなたは本当に働き者だ。

あなたの人生は疲れを知らない

アリの知性

ミツバチの知識、もしかしたらあなたは持っているかもしれない。

コックの音で立ち上がる。

夜寝るまで、あなたは仕事をしているかもしれない。

働くことに罪悪感を感じることはなかった

カシアを一粒摘み取るとき、あなたはこう言った。

トウモロコシが作物だったころ、私たちはそれらの穀物を食べていた。

田んぼの季節になると、私たちは水田を耕した。

唐辛子が採れる季節には、私たちは唐辛子を食べた。

人生は、あなたにとって一種の貯蓄のようなものだった

あなたにとって人生は調整だった

人生の中で足を伸ばせる範囲の中で

当時は電気もモーターグラインダーもなかった。

あなたは働く機械だった

石臼で籾を搗くとき

その搗き米料理は、とてもヘルシーだった

我が家では、トウモロコシとジョワールを挽いて粉にする。

あのジョワー粥やケーキを食べると、どれだけ健康になることか！

あなたは人生でどれほどの苦労をしたか

生計を立てるためには、調理に穀物が必要であり、調理には薪が必要である。

人生というカートが日々前進するためには、不安がつきまとう。

1つの作品について、あなたは次のように述べている。

仕事に移ったとき、あなたはさらにやるべきことがあると言った。

時間管理が非常に必要だと述べている。

あなたにはどんな祝日がありますか？

疲労が何であるかは、仕事に対する不安以外にはわからない！母親

あの電話、なんという甘い思い出の量だろう。

喉に響く

あなたなしでどうすればいいの？

君のいない日なんて想像できないよ。

何の情報もなく突然に

あなたがそこにいて、健康であること

食事をしながら

食べ物が喉に詰まったとき

声を変え、激しくもがきながら

水を飲み、手信号で私を呼ぶ

あなたが出発するとき、私は私の手を横切って見ていた。

死はそんなに簡単に訪れるものなのか？

鷲にさらわれるヒナの目の前で

ダサラ祭は明日開催される

夕方 7 時頃

あなたが旅立ったとき、私たちはみんな見ていたどうすれば耐えられますか？

母親はもういないと、どんな声で言えばいいのだろう。

生きていること、生きていること。

病院に運ばれて

そして彼らが、あなたは生きていないと宣言したとき

自分にどう言い聞かせるべきか？

あなたは誰にも迷惑をかけることなく旅立った。

洗いたての花が服を着せられて、ボーマカルからカリムナガルに到着するように。

義理の娘と楽しく会話

食事を取っている間に、まるでとても気持ちよさそうに去っていった。

父が亡くなった40年ほど前のある場所で

涙の正体がわからないこと

それ以来、私の唯一の支えと満足は、あなた自身だけだ。

83年間、木のように生きてきた

どうして突然倒れたのですか？

あなたの思い出を私が忘れるわけがない

私のことをどう思う？

あなたが去っていくとき、あなたは私にどんな祝福を注いでくれたのだろう。

おそらく母は私にすべてを与えてくれる

彼女は私にすべてを与えてくれた

その自信をもって、私はこう宣言する。

母とは私を祝福してくれる女神であり、そのような存在である

拙著『Nadhi Naa Puttuka』（わが原点の川）を読んで

「シャラダの夫は常にナーガヴヴァに憑依される。

M.V.L.ナーラシマ・ラオに愛を込めて書いた。

彼の言葉が真実となるように！母親

勉強、文学、それらすべてに関する本......何を知っている？

教育を受けなければわからないが

誰もその家で勉強したことのないところで、自分が生まれた。

あなたは私に勉強する機会を与えてくれた

私の勉強を邪魔することなく、あなたは私を教育してくれた。

誰かが言っただろう

"この子はよく勉強しているから、教育してあげなさい"

鳥は子供のために騒ぐ。

そうすれば、子供たちのためにもなる

衣食住の面倒を見てくれている。

当時は 3、4 年生が学費を払う時代だった。

5 パイサか 10 パイサで、私がどれだけ泣いたか。

小さな灯油ランプの明かりの中で

私が学位レベルまで勉強したと言っても、誰が信じるだろうか？

電気も扇風機もラジオもない家庭で、誰が信じているのだろう。

まだ私自身、ナラヤナ・レディ、シェカール、キシャン・ラオもいる。

私たちの家では、みんなよく勉強していた。

おそらく自分の家よりも

我が家には他に何がある？

勉強であれ、愛であれ、執着であれ、愛情であれ。

何もなくても愛する人たち

尊敬する人も同席するかもしれない

あなたは誰にとっても口の中の舌のようなもの

あなたはすべての人を賞賛した

みんなと一緒に勉強している自分のために

当面は十分な資金がない。

苦労した日々もあった

何十人、何百人かもしれないが、返済した。

私を救ってくれたすべての人々に、私は彼らの足元で敬意を表する！母親

あなたの言葉は真珠の束であり、あなたの言葉は鐘の音を鳴らしている

あなたの言葉は 10 の村の言葉に値する

あなたの言葉は山のような自信に満ちている

あなたの言葉はテランガーナ・フォルクローレの棺

あなたが話していた人生の真実の数々

多くの格言、名言、良い言葉

あなたはその場その場に合わせて話していた

あなたが将来のビジョンを持っているように

あなたが人生を濾過したように

生きている真実が宣言されている

あなたがよく言っていた蜜のような言葉や格言はいくつある？

先に楽しんだ者は祭りを知らない』。

かわいそうに、泥棒が森中を追いかけたとき、雨が降ったようだ」。

コリアンドラムの種は、彼女（あの愛すべき女性）には叩かれなかったけれど。

彼女の料理はとてもおいしいようだ。

プライドの高い妻は、梅の実で我慢したようだ」。

子供じみたことを言うな！どんな日でもひよこは猫だけのためにいる。

海老の腰糸を猫に結ぶように」。

馬の口に布を結ぶように。

O様！主よ！胃の調子はどうですか？答えは、お粥が漏れない程度でいい。

勉強は少なすぎるが、チョークは手ごたえがある」。

少女はあまり美しくないけれど、少なくともコールは美しくあるべきだ』。

与えた者は蝿、受け取った者は虎』。

果物は木にとって重荷なのか？

妻でも妊娠でもない......少女の名はメイサンマ」。

子どもはまだ生まれていないが、帽子はできている」。

秤が与えられたら、カシアさえも摘み取られる』。

火鉢が上にあるときは、火床材は下にあるように」。

デリーにとっては王であっても、母にとっては息子でしかない」。

へそさえ冷えれば、ナワブ（王）にだって答えられる』。

どんな髪型でも髪が豊かな人は美しい」。

子供のいない排泄物は、子供のいない宝物である」。

頭には慢心、目には傲慢、それで数日間動き回った」。

同じように、あなたの口からは、人生の真理がいとも簡単に流れ出ていた。

これだけの経験をどこで学んだのですか？

貧しさから得られる愛着だろうか？

あなたの言葉をよく聞いていた。

誰か、どこで撮影していたか

何時間も一緒にいると、人々は魔法にかけられたと聞いたものだ。

あなたが生きていたとき、あなたの言葉は記録されていただろう。

あなたのは純粋なテランガーナ・フォークロアだった

テランガナ訛りはあなたのものだった

あなたの言葉をつかみ、記録する。

ビデオを撮るために、私はこう考えていた。

機会を与えることなく、知ることなく、伝えることなく

思いがけず、あなたは旅立ってしまった。

いつ誰に言われても、あなたはいつもこう言っていた、

私の息子はとても優秀です、あなたは私の息子をどう思いますか？

私がガンドラ・ジャガンナタムとともに早朝に生まれたとき

父は年鑑を見せながら、とても喜んでいたと言っていましたね。

息子は知的で有名になる。

父はとても感激していたそうだね。

父の善意とあなた方の知性によって、私はおそらく

私はこうして生きている

スペードはスペードと呼ぶ

真実は真実である。

ストレートに振る舞う

だから私は世間知らずだと言われるんだ。

私が好きなものは、あなたと同じようなものだ
。

私はあなたのように悩みや混乱に耐える

あと 5 年か 10 年は生きている。

こんなに早く私たちから去っていくとは思ってもみなかった。

その父親とは何なのか？

私が 6、7 歳になる頃には、彼は私の目の前で旅立ってしまった。

私が 23 歳になるまで

私が就職するまで、あなたは苦労した

あなたの悩みは終わっただろう

1983 年から 2,219 年まで雇用され、働いていた
。

26 年間、私はあなたの世話をしてきた。

私が稼いだのは何百万ドルではない。

私は無駄遣いはしない。

カリムナガルに家を建てるとき

息子はバンガローを建設し、そのことに幸せを
感じていた。

労苦と労働の女神であること

2 エーカーの農地の場合

ボンマカルで撮影されたとき、あなたは興奮したことだろう。

借金も山積みもない

私の名前と名声は、言葉にすれば何百万もの価値がある。

私は以前、次のような願望を持っていた。

二千十年、私の五十歳のときである。

あなたの目の前で、私の 50 歳の誕生日を祝う
。

親しい友人たち、詩人、作家の間で

50 人の親しい友人と詩人を表彰

同年、新車を購入

そして、その車の中で、この貧しい母親を横に座らせた。

ボンマカルからカリムナガルまで、私はあなたを連れて来たかった。

では、なぜその望みが叶わなかったのか？

なぜ私に機会を与えなかったのか

なぜ骨折したのか

「背伸びをするな」、そう言いたいのだろうか。

「控えめに、自分の限界の範囲内で」、そう伝えることだろうか。

それは私を庶民として生きさせるためなのか？

背伸びしてプライドを追いかけてはいけない。

私にとっては、あなたがどれだけ多くのことを
話して去っていったか！

あなたの死は私に多くのことを教えてくれた

それは私にビジョンを与えてくれた

未来的な外見になった

母を忘れるな、生まれ故郷を忘れるなとあるよ
うに

故郷と村を忘れるなと言われた通りだ。

あなたは私に多くのことを話し、去っていった
。

私が持っていないもの、私が手に入れられなか
ったもの、多くの貴重なもの。

私がいれば、おそらくあなたは行っていただろ
う

私のことを完全に知らない人たちへ

私のことを知らせれば、あなたは去っていっただろう

そのために母は私にすべてを与えてくれたのだ。

彼女は私にすべてを与えてくれると思う

母の愛があれば、すべてがそこにある

何が来ても、どれが与えられても、母はそのすべてを与える。

幸福、快適さ、喜びはすべて水の泡である。

困難も、涙も、痛みも、人生におけるひとつの花輪である。

正義を貫く自然界の生き物のように

あの人のように、人々の中の一人としてパフォーマンスする

あなたは私に生きろと言った。

2000 年 9 月 27 日、君たちは去った。

2000 年 9 月 3 日まで待っていた

雨のしずくを待つ鳥のように

何百回となく、あなたのことを書いた。

言葉の雨に似ている

透明な涙のしずくのように、あるいは母乳のように。

涙と貧しさが同時に押し寄せてきた。

そうだ！

悩みと涙と詩は親密な関係にある

30 年前に戻って、私はこう回想している。

中間試験に合格するまで

本や文学……それが何なのかわからないものたち

友人と学位取得のための勉強をし、本の虫になる

丘と森に生まれた者として、ゆっくりと。

小川の自然の流れのように

詩を書くこと、物語を書くこと

そして、小説を書き続けることを学んだ。

その時書かれたものはすべて、幼い頃の傷と未熟な文章である。

何百、何千ページも書いて雑誌に送る。

郵送するにもお金が必要

落花生油のために一度、あなたが与えてくれたものを手に入れよう

その 10 ルピーや 20 ルピーも

文章を掲載する場合

人生が非常に困難であることに引っ張られ、傷つき、叱られる。

「小説は炎に包まれろ、小説らしい小説を」。

あなた自身の人生にパトスがあった

私の不安は私のものであり、文学であり、著作であり、名前であり、雑誌であり、そういうものだ。

私は涙を一滴一滴流した

その時生まれた小さな文学作品

現在、広大な世界が私に与えられている。

多くの親密な人々を与えてくれた

私にファンを与えてくれた

人生は想像の塊ではない

人生は現実だ

文学は真理の一つの啓示である

文学は社会の幸福のためのものであり、そのように知ることである。

私が歩んだ人生の道

お気づきだろう！

多くの人が失われたとき、それが人生だ

名前も名声も、人間には捨てられる。

あなたが言ったように、そして父も自分が幸運な人間かどうか考えていた。

あるいは、よく知られた有名なものであれば、お気づきだろう。

私の研究と文献にあなたは気づいただろう

私の友人たち、親しい人たち、親しい人たちなら知っているはずだ。

私の考えとあなたが見たであろうテイスト

詩人として生まれた私に、いったい何ができるだろう？

私を賞賛してくれた人たちへ

私にインスピレーションを与えてくれた人々へ

両親を思い出して産んだから

私は本を出した。

あなたがここにいない今でも

360 日以上待ち

経験をまとめ、人生を回想する

あなたのために、私は文章を書き始めた。

作品を完成させること、私を導くこと、そのすべては完全にあなたのものです。

私の人生の道とその未来の動きのために

母が与えてくれたものを、私は受け入れる

母が私に命じること

インコグニート......あなたは私を前進させてくれる女神だ。

私の人生の船にとって、あなたは舵であり、マスト・ヘッドである。

私の人生の道しるべとなるあなたは、光の道しるべ。

私を生んでくれたあなたには感謝している。

この世界で私を最も愛してくれた人

生きているのは自分だけ

あなたの愛は、すべての子供たちに分配されたはずです。

あなたの愛は、あなたが好きだったすべての人に与えられたはずだ。

あなたが私に示した愛情は、99 分の 1 かもしれない。

いつも見守ってくれていた

いつでもどこでも、私はあなたの視界の中にいた

勉強しているとき、夜遅く 10 時や 11 時に来ることもあった。

玄関前の私のために

あなたは私を待っていた

巣立ってしまった子供たちのために

を待っている母鳥のように。

私の安全のために、あなたは精神を集中させていた。

あなたはよく私に注意を促してくれた。

その中で、私はあなたのことを心配していた

私がおっちょこちょいなのはご存じでしょう。

私はあなたの心を傷つけないように恐れていた

あなたは自立して生きている

あなたはリーダーであり、自分の言葉だけに従うべきであると述べていた。

好きなことをすることもある

あなたは私に、自分の好きなこと、自分にとって正しいことをするよう求める。

しかし、私自身は自分の好きなことをすると言っている。

ここでは時々意見が分かれるだけである

そうやって、あなたも私を恐れていた

しかし、あなたの勇気と世渡り上手さは素晴らしい！

命令するわけではないが、以前はやる気を起こさせるような話し方をしていた。

あなたの言葉は、ひとつの巧妙な計画である

あなたの言葉は、一つの便利な機会である

あなたの言葉は、ひとつの支えであり、ひとつの慰めです

あなたの言葉は１つの注意１つのタイムリーな態度である

その能力は、私にとって今どこにあるのか？

あなたは、まず悪を想像し、それから幸福を考える、と言う。

私の人生には悪も幸福もない

どちらも同等

人生で何が起ころうと、私はそれを受け入れると言う。

人生で困難を経験した者であること

何事も慎重であるべきで、無駄にすべきではないとあなたは言う。

無駄遣いをしないようお願いする

私はそのようなことを深刻には考えていない

無駄と呼ばれるものは何もない

それは時代のニーズに応えるための支出であり、それである。

超過分の場合は、支出に充てる。

私は、あなたの知性の一部であると述べた。

じゃあ、どうすればいいんだ？

常に一定のレベルを保っていれば十分だった。

この50年間で、省かれたもので十分だ！

この人生で十分だ

人生は澄んだ真水のプールのようなものだと思う。

水そのものが生命であることを利用する

これらのクレジットとデビットは単純に次のようなものである。

あなたの義理の娘シャラダも貯蓄の女神である

本当に無一文の者にとって、この世のどこに価値があるのか？

だからあなたは、お金は貯めるものだと言うのでしょう。

昔も今も、このような状況はない

銀行残高のようなものはない

お金だけなら、何百万でも稼ぐことができるし、使うこともできる。

それだけの自信がある

その性質は私だけでなく、私の息子たちも持っている。

私のものには、そんなものはない

私たちの人生を望む

互いに対する愛と愛情が必要であり、それ以上のものがある。

お金よりも大切な価値がたくさんある

愛、愛情、人間性、そうしたものがすべて必要だ。

人間に対して、そしてその中で私の中にいる数少ない人間に対して

そして、私に多くの資質を与えてくれた両親の素晴らしさ！

だからこそ、両親は私の第一の神なのだ。

見栄やショービジネスを追い求めない

その必要性のために、私は母親のように働いていた。

お金だけのために、さまざまな愛情が注がれるとき

人間のために人間を愛する者のためにのみ

私は苦悩した

何が来ようと来まいと、私の人生は私のものだ

流れる川のように、花咲く木のように

川は理想であり、木は理想である。

溢れる川も、時には砂漠のようになるかもしれない。

素晴らしい花を咲かせる木だが

季節のサイクルの一部として、自然な形で

数日前から枯れているように見える

人間の人生の旅は、これとは違って見えるのだろうか。

波立つ人生の道には、悩みと涙がつきまとう。

忘れられない甘い思い出がある

甘い思い出も、幸せも、それは甘い痛みでしかない。

人生は棘で棘を取り除くようなものだ

痛みがなければ、人生はどこにある？

人間の心は純粋なミルクのようでなければならない。

汚染されていない涙のようでなければならない
。

そのような人々の近くにいるために

あのように動くために、私は多くを望んだ

もう少し生きられると思っていた。

そうしたかったのに、あなたは私を一人にしてしまった。

数分という速さで

あなたは私の手を離れた。

母はそこにいない。

私の人生のために、私はあなたを支えのように信じていた

私の人生にとって、あなたは支柱だと思っていた。

あなたの影とその反射の中で、私は成長した。

あなたの野心に合わせて、私は開発した。

おそらく、私はあなたの承認と欲望のままに生きてきた。

誰かが私にコメントしたとき、あなたはそれを許しましたか？

私もあなたのようにおしゃべりなのかもしれない。

それはあなたから来ている。

この村では、この世代であろうと、この世代でなかろうと、あなたは私の住所なのです。

私が村の人々のために識別されるとき

それはサッバニ・ナガヴヴァの息子としてのみ語られるべきことであり、誰もが知っていることだ。

あなたの故郷、あなたの村は、あなたの心にどれだけ近いか。

あなたの家では、木々や植物が、あなたがどれほど愛情深く育ててきたか。

あなたの家の前で、あなたがどれだけ整頓しているか

あなたが不在であっても、あなたの家は整理整頓されていなければならない。

カルシウムと赤の粉で引いた線を、マーカーで小枝にする。

今も現れる

泥の屋根瓦を調整したものがねじれている。

あなたが植えた木は、庭師のようなものではない。

牛飼いを待っていたのは、その表情だった。

だからこそ、母が暮らした家は神聖な場所なのだ。

記念館

母親の言葉

それにしても、あと何本、私に仕事をさせることが許されるのだろうか？

親が神となったその記念に

その神々が住んでいた場所は神社である

その神社は善行によって神聖にされるべきである

そのために、私に力を与えてください

O!母親あなたは独立した考えを持つ皇后

この家だけが、あなたとあなたの王国にとっての天国だ

多くの場合、あなたは自立することが好きだった

私は数年間、私たちと共に早い時期に雇用された。

あなたはパドマシャール（織物職人）の住まいである、愛する町シルキージャに滞在した。

それでもあなたは、ボンマカルを最も愛していた

あなたの場所、あなたの家、あなたの木や植物

あなたの村を取り巻く環境、あなたが愛し、賞賛した人々。

あなたには何が足りないのか？あなたは女王

なぜ料理や家事について悩む必要があるのか？

何を失うのか？ここにいて、そこにいる

あそこが私の家で、ここが私の家だ。

お祭りでカリムナガルを訪れたときはいつでも

以前は、望む限り満足していた。

カリムナガルの家にいる間、あなたはずっと家にいたのですか？

あなたこそ職人気質

あなたの手は、決して慣れない。

裏庭の果樹園と前庭の植物

ゴミが溜まっている。

バンガローの屋根のスラブに、すべての材料の葉を集める

清潔に保っていたコーナーからも収集

寝床の一角に布を敷いて、満足そうに食べる。

いつも仕事、勉強、執筆……あなたはそう考えているかもしれない。

子どもたちを教え、家に帰ったらどんな仕事があるのか。

興味を持って勉強し、何かを書くことだけが取り残されている

息をするように文学を愛し、愛に生きた

25～30 年間、私は懺悔のようにそれとともに生きてきた。

善良さが好きだった

私は功労者を戴冠させたかった。

私は多くのファンや友人を得ることができた。

あらゆる塩分を吸収する海に似ている

生命のエッセンスをすべて飲み込み、心に留める。

私はあの静かな海ではないのか？

清らかな水が流れる川のように

私はそのような川の生まれではないのか？

少数の人々の支えのように生きるために、私はあの木の影のようだ。

涙で心を洗う

汚染物質は今後一切触れない、私はそう信じている

人生は川の流れに似ている

多くの親しい友人たち

私を嫌っている人たちもそこにいる

私は世間知らずだとよく言われたものだ！

私はそう信じている。

欺瞞や陰謀は必要ない。

内と外は不必要なものであり、私はそう感じている

善良さとヒューマニズムが必要だ。

愛と賞賛が必要だ。

でも、みんなと一緒にいても、私はひとりぼっちなんだ

それでも人生への不安と心配

その姿勢のまま、あなたは旅立った

サポートが 1 つ失われる

ひとつの言葉が消えた

私だけでなく、あなたの 3 人の娘さんたちも。

重大な問題が発生した場合

あなたは自分の言葉で勇気を与えてくれた

家の内外を問わず

どんなにあなたができなかったとしても

ハンドスティックのサポートで

昔は好きな家を全部回ったものだ。

O!母親

人生には終着点がある

詩はあるのだろうか？

詩は私が育てた最愛の子

詩は私に慰めを与えてくれる母である。

詩は私を楽しませてくれるダーリン

詩はいつも私に優しくしてくれる。

私は望み、懺悔をした。

その懺悔の果実を与えてもいい！

人生は私にとって試練である

私は自分の目標を自覚している

ある程度は達成できたが、まだ達成しなければ
ならないことがある。

人生とは、人生を反芻すること

さらに前進するために

来るか来ないか、望まれるもの

私は冷静にそれを受け入れる

明日の人生のために、私は希望を持って前進した

道を行けば行くほど、道は自ずと見えてくる

人生はひとつの夢

人生は甘い希望の茂み

人生は長い道のり

人生は一つの主要な目的である

確かな人生の目的

ライフ・ワン・ディシプリン

人生は道徳であり、ひとつの正直さである

人生は平等な正義である

人生の一挙手一投足

46〜47 年頃

私は熱心に観察した。

人生は広がるもの

そして川のように流れていく。

人生とは、実を結び、葉を茂らせ、花を咲かせるものである。

そして、私が知っている限り、その助けの木のようなものだ。

しっかりと立つ強い丘のように

人間は生きるべきであり、私はそう主張する

その人生の道で

O!母親

あなたの思い出は私にとって香り

人々の価値

いつ存在するかは不明

そうでない場合もあるようだ。

亡き人は、今いる人の甘い思い出である」と詩人は言う。

神のそれよりも

親は神であり、私はそう思っていた。

あなたは私を祝福する女神

人生がそうであるように、ひとつの不完全な詩作品のように。

この詩もそうだ！

あなた自身である私が、あなたに何を提供できるというのか？

数百万ドルの価値がある言葉を除いては

人生は香り高い思い出

人生は平常心で見るもの

人生は王道、一本道

その道を行く

影のようなあなたは、私に道を示し

私の夢は、あなたによって実現される

そう期待するのが間違っていなければいいのだが……。

私のエネルギーが不足したら、それを私に与えてほしい。

私がミスを犯したとき、あなたは私を叱らなければならない。

ここまで、速く流れる川のように

今の私の人生

着実に、そしてゆっくりと

姿を現さない神殿の女神よりも

神々しさを持つ人々は、見かけによらない！

そうすれば、母親、父親、教師は神であると言われる。

そうすれば、あなたは私に祝福を与えてくれる女神なのだから

あなたは私の理想

私だけでなく、多くの人にとって理想的なことだ。

あなたの闘い、あなたの人生、それを知る人々

あなたから多くを学ばなければならない

あなたから勇気を学ばなければならない

あなたから自信を学ばなければならない

あなたの饒舌さは学ぶべきものだ

学ぶべきは、あなたの寛容と忍耐

困難と苦しみのために

恐れることはない

動揺してはいけない。

死ぬ最後の瞬間まで

あなたは他人の幸福のためだけに生きていた

悩める人々を見て

あなたは彼らに会って話をすることに苦悩していた。

あなたはよく、そういう人たちに会いに行けと言っていた。

だからこそ、O！母親

あなたの思い出は、私にとってかけがえのない
贈り物です

そのために、あなたの出生地であるレコンダ村

あなたが移住して住んだ場所、そのジャンミク
ンタ

私は両方の場所を訪れた。

あなたが移動した土地で、私は歩き回っていた
。

思い出を胸に

あなたの思い出はいつも私の中にある

私にエネルギーを与えてくれる

「ラクシュミナラーヤナ

一言だけ！

油断は禁物

気をつけろ！」あなたはよく言ったものだ。

以前はどこへ出かけるにも

そうだ！その言葉が今、どこに生きているのか
！

人生は一つの不完全な詩的作品である

母親は甘い思い出の人だ！

www.ingramcontent.com/pod-product-compliance
Lightning Source LLC
LaVergne TN
LVHW041617070526
838199LV00052B/3182

* 9 7 8 9 3 6 1 7 2 8 1 3 6 *